宇宙人に背中おされて

三友伸子五行歌集

市井社

宇宙人に背中おされて

まえがき　不思議な巡り合せに支えられて

「正樹君（亡次男）が、伝えたいことあるんだって！」と、御向いの不思議なUさんに声をかけられました。Uさんは霊感のある方です。

伺うと、伝えたいことは、〝ありがとう〟でした。

毎朝、「為　樹光輝優信士（正樹戒名）菩提」と、般若心経を書き続けているからかしら？

「じゃあ、もう一つ、供えてもらいたいもの聞いてあげるね」と。

Uさんの亡きお父様の供えてもらいたいものは〝おさしみ〟、亡きご主人は〝おかき〟とか〝ガリガリ君〟だったと話しながら、聞き入っておられました。

初めの文字は〝ゆ〟でした。ゆどうふ？　ゆば？　難しい料理だったらどうしよう、内心ヒヤヒヤしておりました。次の文字は〝め〟でした。

供えてもらいたいものは〝ゆめ〟でした。

第一歌集『小鳥の道案内』から十年、そろそろ第二歌集を、夢見ておりました。〝これだ〟と思いました。ポンと背中を押され、第二歌集出版に踏み切ることができました。

〝どこかで見守ってる〟――正樹の遺言通りだと…。ジーンとこみ上げてくるものがありました。

平成二十八年のクリスマス・イブのことでした。

イブの日に
願ってもない贈りもの
ジョウビタキの花子が
寝室に
居る！

〃肩にとまる〃まではいきませんが、第一歌集表題の『小鳥の道案内』も、ずっと続いています。

歌集出版など、思いもよらないことでしたのに、第二歌集までとは驚きです。歌などチンプンカンプンの私でさえ、迷うことなく続けられている〃五行歌〃の御蔭です。〃五行歌〃を発想され、〃五行歌道〃を開拓いて下さった草壁先生に感謝致します。第二歌集出版に際しましても大変お世話になりました。

草壁先生、ありがとうございました。

そして、本部のみな様、お力添えいただいた方々、ありがとうございました。それに、亡正樹と家族、小鳥たち、トンボも、ありがとう。

平成二十九年酉年三月二日

三友伸子

目次

装丁／ヴォアザン
切り絵「むらさきの里　御用蔵」・写真／三友明夫
書／著者

ジョウビタキの花子

1

おにやんま

おにやんまが
網戸をノックしてる
開けてやると
わたしの頭に
チョコン

何十回も何百回も提げられ
ボロボロ
一針一針子の顔をあしらった
手提げ
今　私への勲章となる

箸の代わりに
ネギ一本
かじりながら
すするそば
大内宿(おおうちじゅく)というところ

こっぴどく叱ったあと
そっぽ向いてねていると
ツートントン
モールス信号を送り続ける
孫三歳

ようやく会えた
その日から
いつも
慣れ慣れしい
ヤマガラ

看板、賞状
今日は
50㎝×250㎝の旗に10文字
無免許運転の
筆は走る

末っ子が
小学校入学だ
「おかえりなさい」
を言いたくて
仕事をやめた

ひとりでおとまり
二泊目
「なんだかなみだがでてくる」
と
添い寝しているバーバに

ふと包みを開けたら
カルガモに差し伸べる
マー君がいた
ぎゅっと胸がしめつけられた
じき二回目のお盆

いいものを
いいと見極める
眼は
いいものに
培われる

拠り所を求めている
支柱を宛がってやると
安心したように
纏いついている
ゴーヤ

お礼状の
絵ハがきに
さりげなく
咲いてる
まつむしそう

野田でもう一人
もっと若い人の
五行歌集を読んだことあります
それ娘よ、娘なのよ
きつねにつままれたらしい

息子の三回忌済ませ
帰宅後
切り絵を始めた夫
つられて
わたしは篆刻

マーくん
じゅんママのおうちにかえるからね
ごめんね
子の遺影に語りかける
孫

♪ふたりで
　げんきにあそぼうねぇ～♪
オイオイ同格かよぉ
同格にしてくれてありがとう
孫とお習字

ありがとうございました！
送ってくれた車に
深々とお辞儀する三歳
通行人も
ほころぶ

雪のぬかるみにさしかかると
バーバだいじょうぶ？　と
くるっと後向きになって手を引く
一瞬浦島太郎のけむりの中
すっかり　おばあさん気分

釣り糸に絡まった鳩を抱き
助けようとしているＯＬ
通りすがりの青年
糸を噛み切りようやく解（ほぐ）した
鳩が飛んだ

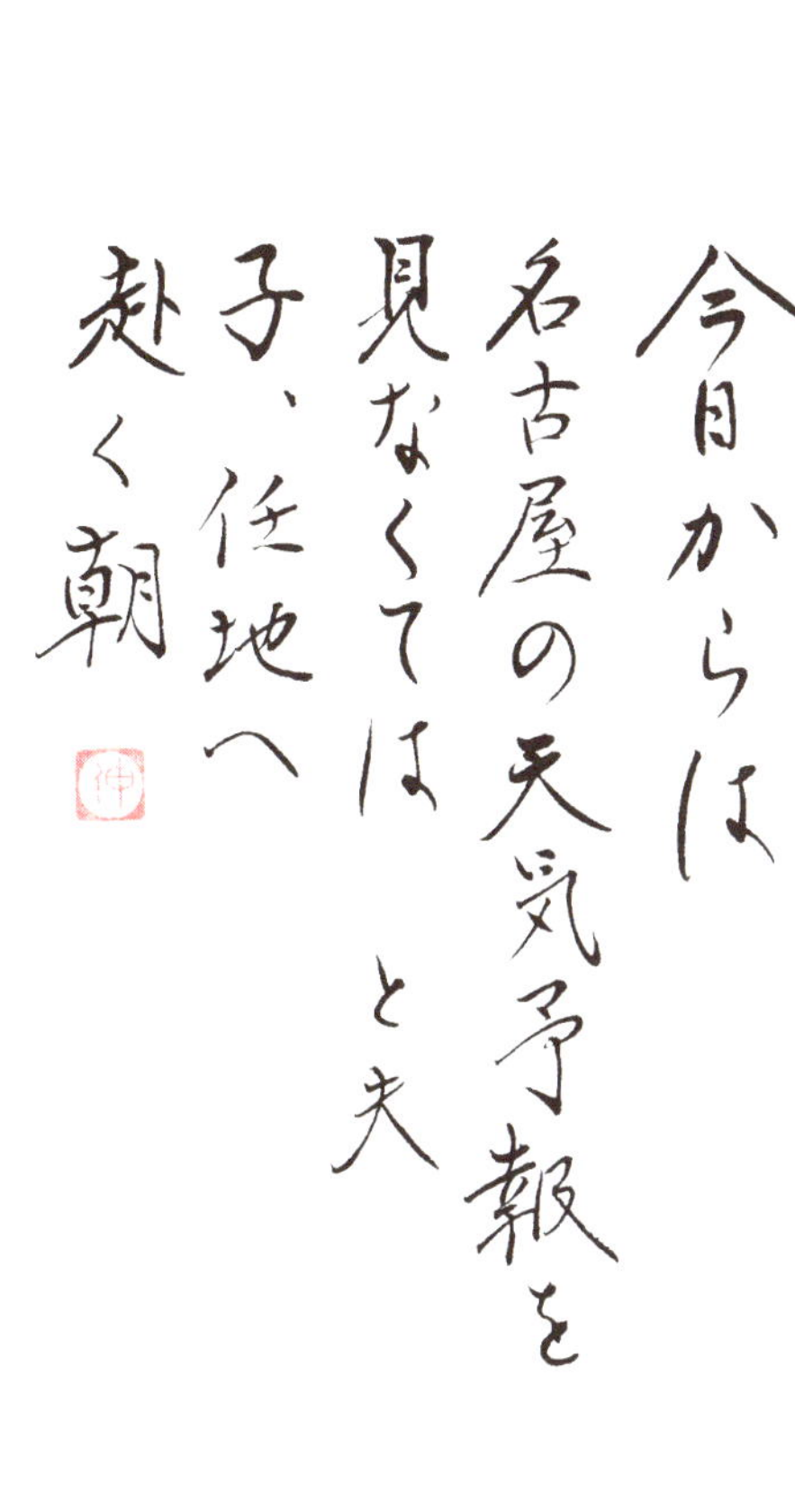
今日からは
名古屋の天気予報を
見なくては　と夫
子、任地へ
赴く朝

女らしい
艶っぽい
書
ばかり
ほめられる

お母さんの顔よーく見ておくんだよ
棺に向けるも
超然と
観音さまのお顔そのまま
二週間の嬰児は

指を
滑らせて
知る
半紙の
裏表

異例の夏日
走りの走りの
スイカをいただく
ずーっとずーっと年下の
恋人の味

お昼寝しなかったので
いそいでお風呂に入れ
「ちょっと食べて寝ればいいね」
と、すかさず
「いっぱいたべる！」

「戦場ヶ原
白樺とお母さん」
初めて持った
使い捨てカメラの
ヒット作

とりつかれたように
ハガキを折る
くり返すこと三十枚
ちょっとした芸術作品、
なべしき　出来た

氏子(うじこ)になった
来年は祭事係
今年はみこしみがきだと
本当に
キュッキュッみがいた

かわいいし
いつだってホッとさせてくれた
清水公園駅　駅舎
屋根のまん中から
ひしゃげてる

雷が来る!!
孫と飛び出し
梅10キロ
樽に戻すのに大わらわ
遊びようはるかにはずんで

家族旅行に
連れて行ってもらうより
世のために
働く父の
後姿が好きだった

寄席に
メガネを忘れてきた
おかげで
今日も
電車に揺られている

ウヒャー　長ーい！
悪戦苦闘の末
さしみ・焼き
しゃぶしゃぶに熱燗
タチウオ三本に酔う

雪の代りに白のビニールシート
ミニテーブルを置けば
ベランダがかまくらに早替り
「うわぁ！」「気に入った」と孫
ジージとの秘密基地

亡き子は
きょう　二十五才
しだれ白梅
一輪
ほころびて

萬物光輝

仲子刻

2

添木の尺八

はじめまして
なのに
シジュウカラより
人懐っこい
キクイタダキ

せかせかしていると
サーッと身を隠し
のーんびりしていると
とことん付き合う
鳥は何でもお見通し

花見で賑わう公園
ピーピーひよどりかしましい
と、小声でカケスが呼ぶ
しばし無言で向かい合う
時々羽づくろいなんかしちゃって

いつでも、どこに立っても
溶けこんでしまう
清水公園
日比谷公園などを手がけた
本多静六の手によると知る

パキッポキッ枝下し
支え、倒し、運ぶ
伐採ロボットの
手際
鮮やか

初めて
目の前で
ひばり見たの！
そんなの子供の頃しょっちゅうさ
夫は素っ気なく

ゴマ一粒までつまんで平らげ
「おかわり！」
またもくもく食べてる
五才
バーバのお赤飯

としよりに
見えたとみえて
席を譲ってくれたよ
とっくに八十超えてる
父

「熱中できるものをと
漢文なぞり帳を買ったのよ
習ったことない漢字もあるの」
屈託ない
お母さん

旬をとうに過ぎた
朝取り枝豆
走りより旬より
深い味わい
ビールがすすむ

ちっぽけな種
ケラケラ転がし
ジジババまで
心底笑わせ
二泊三日の五才は帰る

金を死んでのこすのは下
仕事を死んでのこすのは中
人を死んでのこすのは上
後藤新平の
遺したことば

「わたしは理系なので」
と言う教頭に
わたしも理系と
意気投合
五行歌の会話はずむ

「バーバおめでとう」
ありがとう
「なんさい？」
61さい
「いっぱいだね」

半分
人で
半分
人ではないような
人とのつながり

風が唄ってる
尺八のよう
近付いてみると
添木の竹が
いい具合に裂けていた

五行歌
って
人の
ものさし
になる

雲にもぐりこんだような寝心地
まるで殿上びと
耳もとで
皇太子がささやく
そこで目が覚めた

雨残るせせらぎ
あっちに行ったりこっちに来たり
二度、三度
孫は走り
しらさぎは飛んで行っては待っている

雑然とした我が家に合うの？
百年ものの家具がやって来た
そぐわないどころか
ずーっと前からそこに居た
ような風格

もうボロボロだ

何としても止めさせねばと三者面談へ

「骨髄に転移したので治療は受けられません」

どんなにありがたかったか

息子は泣き崩れてしまったが…

口で負け
力で負け
あとは
頭で
勝つしかない

不安を抱えているのが
わかったのか
カワラヒワがさっときて
自転車の私に
寄り添って飛ぶ

〝恥をかく勇気を持て〟
って言うじゃないの
こっそり
自分を
はげましている

ふるさとに
誇れる
和菓子やさんの
在る
しあわせ

歩いているかのような
車での移動
この心地良さは
運転の
美さ

二週間が
限度かな
無性に
会いたくなる
人がいる

ドライブ疲れの母
私の顔みるなり
「ちょっと寝かせて」
一寝入りすると
「親の所へ来たみたい」

〝しものかえでです
でんわください
ごようけんで〜す〟
クスッとしながら
聞き直しボタンを押す

除草剤を浴び
ただれたように赤茶けていた
二か月後
何もなかったように
青々と息吹き返し

〝「美」を味ひ感ずる心は
逆に
諸々の悪を嫌悪する力を
持つに至るであろう〟
作曲家 乗松隆一は言う

「同窓会の通知が来たわ」
「行かなくていいよ」
決められて
ふっ切れて
〃ほっと〃が大きくなってゆく

3 〝鈍い〟も才能

「だれが見ても
きれいに見える
線がある」
そんな線
出せたらいい

芥川龍之介か
太宰治か
ぼんやりだが
なかなかのイケメン
青年時代の父

集合写真の
わたしに
ハッとする
誰かに似ている
亡き姑だ

ガチャン　ピシャン
台所が荒れている
そこに飛びこむ
元気はない、
先ず寝てからだ

「メールだ
メガネ、メガネ…」
「ふつうは
メガネかけないで
見えるんだよ」と孫

さるすべりは
小判
白もくれんは
大判と
落葉掃く

往きは
くっきり男体山
帰りは
筑波山に見送られた
父の墓参り

父の墓参り済ませ
夫と三人でお昼
食の細い母が
天ぷらそば一人前
おいしそうにたいらげた

カンが冴え渡り
白菜が
上手く漬かった
天にも昇る気分で
孫へ荷造りする

あどけない
ジージと
バーバの
かお届く
敬老の日

年代物の
碁石と碁盤が
ひょっこりやって来た
囲碁を愛した父が
そこに居るよう

箱根駅伝二区あたりから
「五区には
柏原竜二が…」と
通りすがりの私にさえ
その走りは焼きついた

添寝しながら
ふと
「ずーっと家（うち）の子にならないかなァ」
と言うと
「ばーばがうめばよかったんだよ」と

十一年続いた
気ままなお習字の会
たたむと一大決心
楽しみに来る人がいるのだから
やめるのやめたらと夫

かわいくて
りりしい
魚をつり上げた
カワセミ
孫から届く

「こういう人に
会ってみたい」
一枚の写真を見てつぶやいた
五行歌の創始者であることも
何も知らず

この
山桃酒
十年ものよ
「おまえは
六十年ものだよ」

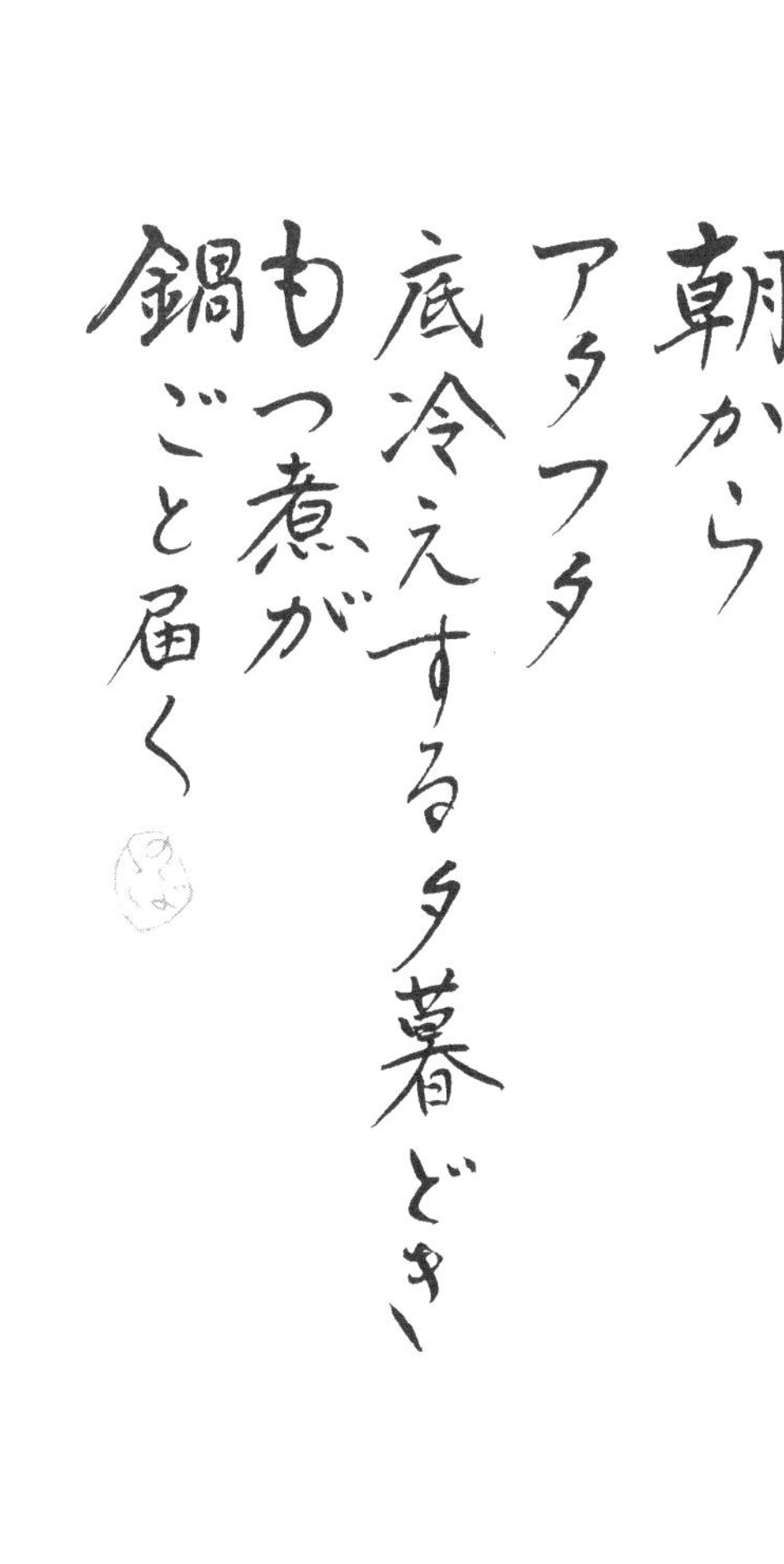
朝から
アタフタ
底冷えする夕暮どき
もつ煮が
鍋ごと届く

亡父から
六才の孫まで
四世代
五行歌に
お世話になってます

「酒と女に
だらしがない」
あこがれちゃうなァ
わたしは
日常にだらしない

包みを解いて
差し出す
風呂敷の
作り出す
程よい間

さらさら
空気のような
愛、ありがとう
生きるのが
とっても楽でした、お母さん

新車
希望No.は？

「１０２７」

夫は即答。

息子の命日だ

雑木林の
天守閣あたり
まるでキリンのミニチュア
アオサギが
下界を眺望している

お父さん
大好き！
でも
父の子育てなんて
まっぴら

かまえて
少年院の門をくぐった
かぎを開け閉めしながらの案内
真摯な対応に接したからか
帰宅後、身が軽い

樽栽培の
大賀ハス
初開花
きょうは
娘のたん生日

「〝鈍い〟も
才能」
と知り
今日から
もっと楽になる

キャンプ場傍の池まで
目当てはアオサギ
近づくと
かけ出した
「きょうもいた！」と孫

「世のため人のため」

一度も聞いたことはなかった

ふり返ると

祖母も父も

そういう道を歩いていた

伸

「昨日
タクシー二台で
若者八人がお墓参りをしていた」と
亡正樹七回忌法話で
住職が

日舞
名女作
〝花笠道中〟
はじめての拍手は
孫

「一行目
これ、ちがう」
真剣に
叱られている
夢の中

「そういうガラじゃないよね」

「今日の夕飯の話題ができたわ」

「それは見ものだ」

妹まで「エーッ!?」

わたしの日舞

4 玉手箱

「あッ
珍しい
奥さんが
畑に出てる」
とんだ ごあいさつ

マー君のたん生日だね
ケーキを買って来よう
用意して待っていると
夫もケーキを手に帰宅
息子が逝って七年

十年ぶりに
ばったり
「アッ字のきれいな人」と。
名前は
忘れたのかもしれない

「大根煮ろと云うと
大根だけ煮るし
驚きの連続でした」
エッ?!
うっかり先に死ねないわね

「おじいちゃんとおばあちゃんが
いっぱいいるよ」

「エッ!?　だれのこと？」

「ショック!!」

自覚の足らない40名

二日間の
外出に備え
美容院へ行ったが
熱を出し
病院に行くハメ

「鹿児島では
子の名は
祖父が付けるの」
「エッ?・」と返してしまったが
いい風習だと思う

わたしの日舞
自然に受けてくれたのは姉
息子の
社内事故死にも
取り乱すことはなかった

〝千と千尋〟の超巨大化
東北大震災
全身に来てる
ふわふわわもわもわゆらゆら
息子が逝ったときと同じ感じ

時には笑いころげ
ひとつひとつかみしめ
読みおえると
涙した夫
間中淳子歌集『めざし』

歌会風景の写真を見るや
この市松模様
桂離宮の襖と同じ　と
さっと『桂離宮』の本を
取り出す九十才

肥料が足りないと
買物を頼んだ留守に
自らふとんを敷き
逝った
八十八才、よしさん天晴！

「おまえのやったところは
一週間もしないで
草が生えてくるよ」
草取りにも
〃鈍い〃を発揮する

死刑
と　決めた人は
人殺し
ではない
のですか

お祭りの神様がみえる
通りみちだけ
念入りに草取り
「一本も草が無いって気持ちいいね
家を間違えたかと思ったよ」と夫

入院の母が心配
空もどんより
故郷に
向かっているのに
こんなに気が重い

腸閉塞、心臓肥大、脳は収縮
母はどんな顔で待っているのだろう
はっきり受け答えする
穏やかで　きれい、かわゆい
神々しくさえあった

〃理想の恋愛〃
浮かぶのは
金婚とか
空気とか
デートなど思いも寄らない

愛用している中国製半紙
まぎれている
はぐれもの
繕(つくろ)われてちゃんと半紙
規格品には無い味わい

階段かけ上がってくる小学生
マー君だ！　冷たくないかしら
手を差しのべるとあったかい手
元気？　なんて聞いてどうする
目が覚めた

五体満足でも
心は五体不満足
いがみ合ったり
にくみ合ったり
なるほど「みんな障がい者」

小三の担任の
賀状のひとことに
励まされてきた
今年は「間もなく八十三」と
玉手箱を開けてしまった気分

どんなに
どん底でも
子供は
戯(じゃ)れることを
忘れない

60才以上100円
60才未満200円
ありがたいような
弾き出されたような
100円払う

白菜漬がいい塩梅
八頭は料亭の味に近付きつつ
ようやく
ベテラン主婦の
とば口に立つ

心がヘタってる
足が
思うように
進まない
別れの日の朝の夢

『小鳥の道案内』を
固辞する
律儀な若いお母さん
「言われた通り
図書館で買ってもらいました」と

「来年は奥さんに
出てもらいます」
となり組の副会長に
言われたと
勝手にウカレてる夫

早稲田の講義録を取り寄せ
黒でぬりつぶされた本を読み
理論闘争すれば
誰にも負けなかったという父
中央郵便局でトップの成績だったとか

〃吾妻山半田山
両方で袖をふる〃
と詠う　安部良子さん
伊達市から
毎月五行歌ありがとう

〝お父さん
マッカーサーに会ったんだって!?〟
「そうだったわねェ」
私以上に冷めてる母は
応える

母の父親は
父を
評して
「努力の人」
と

亡父が
マッカーサーに会って
「組合をつくるように」
言われたのだ と
人生一番の衝撃

父の
碁を
打つ
姿は
美しかった

あちこち
ブラックリストにのってるらしい
あちらこちらで
応対が
手厚い

5

ソトヅラがいいのよ

夫、丹精の
明治神宮出身の
花しょうぶ
門に
つんと美しく

英語、ドイツ語、日本語を話す
キャロルさん
じっくり目を通し
点数投票され
歌会、初体験

二年もの　らっきょう
二時間かけて　つくり
塩漬けに
時折揺すり　水の上がるのを待つ
子育てよう　手間かけて

生活に追われるって
いいことだ
要らぬ心配
せずに
済む

「神さまをないがしろにして
いい踊りは踊れない」と
傍観者である夫
天の声と
お勤め済ませお稽古へ

〃氣志團〃
白抜きのTシャツを
ハンガーに吊しておいたら
同室の車いすのおじさん
「暴走族ですか？」

妹が泊まりに来るのよ
「見られたくない
裏も見られてしまう」
そう言いながら
電話の声は晴れやか90才

3・11以降
胸に突き刺さったまま
この小さな日本に
五十を超える
原発が存在しているという

夫を大事にしようと思えない
？
大事にしすぎる位
大事にしているからさ
いつだって脇目も振らず帰宅する

頼みやすいのよ、きっと
「俺、そんなに
性格良くないぜ」
性格は良くないけど
ソトヅラがいいのよ

お孫さんが
弔辞に
五行歌添えられて、
一番の爺孝行よね、
鹿目さん！

機械工学科
電気、金属、精密、
化学、電子
同じ工学部でも
各々の色がある

バカにしていた
杖をつき、手押車も押している
「毎日毎日
今日死ぬか今日死ぬかと思ってんのよ」
ケロッと言ってのける90才

何が
一番大事？
と問われ
しばし考える
やっぱり　自分かなァ

明日
食べるお米がなくても
背広は誂え
着こなしていた亡父(ちち)
誇りに思う

そう
麻の背広も誂(つく)ったのよ
それは
シチヤに持ってっちゃったけどね
電話の母は屈託がない

十年間、館長
お疲れさまの
寄せ書き
各サークルから
色紙三十数枚

姑の実家から
分けてもらった
アジサイ
今年も玄関に
白を咲かす

〝信頼はクラス一〟
中一の通信簿に
書かれてた
何で量ったのだろう
五十年経っても謎のまま

義父の
お墓参りに
向かう
車窓に
こいのぼり

毎年欠かさず
義父の命日のお墓参り
「六十年になるんだよ」
夫はつぶやく
ずっしり堪（こた）える

たけのこ掘らせてもらって
おさしみにしたり
たけのこごはん
たけのこの煮付
おみそ汁にも

〃小鳥の道案内〃を
游ぶ朝
門に
花しょうぶ
一輪開花

ふくよかで
色白美人
夫の自信作！
にんにくに
ほれぼれ

伸

わたしの
こだわり
とぎ汁
生ゴミは
土に還す

ピカッと一声(ひとこえ)
稲妻発言
貫通
諸々は、ふっ飛び
雷様が居据る

〃かなぶんが
絵をかけ歌えと
飛んでくる〃と
玉堂は
扇面にのこす

受付で
顔を合わせるや
「こんな時じゃないと
会えないんだよなァ」
ボソッと漏らす

紫蘇を洗っていると
天から一声
〝ギャッ〟
アオサギが
通りすぎる

6 誕生日祝い

ニュースで見たと
あちこちからお見舞電話
ニュースを見ると
家から七、八百メートルの所を
竜巻は通って行った

密かな
とてつもない
夢がある
紅一点のクラス会で
〝荒城の月〟を踊るという

思い込みの自信
奈落に陥ちる
年季の入った
お赤飯
口にした途端

むせかえるほど
月下美人
八輪に
酔う
敬老の日

母子家庭に
寄り添いつつ
わたしが
力を
もらっている

ジョウビタキの花子に
見送られ、迎えられ
カケス、アオサギ、シラサギ
カモ、カワセミに会う
66才何よりのお祝いだ

物があるとゴミ箱に入れずにいられない。
ゴミ箱がないと例えば
ボールペンなど口へ。
手術して取り出したと
強度行動しょうがい

ゆったり
趣のある
松山
のんびり
訪ねたい

古今東西

一人だけ会えるとしたら

〝心だに誠の道に

かなひなば・・・〟の

菅原道真

二、三年前
『小鳥の道案内』を贈った
「あの本と出会って
母は変わったの」
手元に置いているとも

「何かひとつ
盗んで帰る」と
舞台を観た先輩は言うが
何を盗めばいいのか
わからない

生ゴミを埋める
忘れた頃
スコップを入れると
さくさくふわふわ
すっかり土

パソコンで
打ち出された
裏表
賀状に
心を探している

きゃしゃな
母が元気で
91才を迎える
あー
なんて 子孝行

〃代表卒業〃と
話したら
涙が出てきた
これからだって
大いに関わってゆくのに

はじめまして
「いえ、よくお見かけしますよ、
スーパーで」
息子の同級生のお父様
だそう

回らぬ気が
ますます回らなくなって
代表降板は
正解
実感はないが

竹の子は
一斉に顔を出す
アチコチから煮付けが届く
掘りにも行く
食卓は筍花盛り

六月二日
ホトトギスが
一日中よく鳴いた
亡父（ちち）が生まれて
103年

居ても
立っても
いられない程の
出会い
大好きです♡

お腹を切って
二週間で退院
「また生き延びた！」
と、声はまぁまぁ元気
母　91才

運動会の日
選手宣誓を
唱えながら
登校する児童（こ）
声涸らして

守るものなど
何もない
と　思っていた
芯だけは
守り抜く

私を見かけると
一目散に
とんでくる
さやかちゃん
孫でもないのに

迷ったら
天と
私を結んでみる
その線上に
のっているか

エステのせいか
気のせいか
今日は
いい顔
しています
信

今月のボランティアは
老人ホームよ
〃老人ホームってなに？〃
おとしよりのいるところよ
〃みともさんは？〃

敬老の日

完熟いちじくもぎ取り病院へ
大きすぎ！1/3はわたし
2/3をおいしそうに平らげた

四日後永眠　母永眠91才

亡母七七日忌の翌日
初の大舞台
〃荒城の月〃を踊る
大阪住いの息子も
客席に

亡母七七日忌の翌日の
初舞台を
〃お亡母（かあ）さんがいっしょに踊ってくれる〃
と励まされた
「堂々としていた」と先輩達

〃文化祭
終ったわ〃
語りかける
母は
もういない

7 宇宙人に背中おされて

三針縫う大ケガ？
「はじめての手術だね」
切ったのは　わたし
先生は縫っただけ
里いもといっしょに指も切る

中国半紙千枚
小筆30本
明日届く
それだけで
わくわく

91才翁、十八番の〝武田節〟
8才嬢は〝河内男ぶし〟
わたしは〝荒城の月〟
ケア施設へ
ボランティア

娘の披露宴
当時九十一才の亡父は
「純子は
うたの心を持って生まれた」
と
はなむけの言葉

神

太宰府で求めたしだれ梅
一輪ほころんだ三月二日
32才だね
もう20代の延長じゃない
亡き正樹よ、しみじみ涙

はやく
大人になりたい
だけど
おばさんには
なりたくない

ノーベル平和賞
貰った人が
陣頭指揮とってやってるんだから
大丈夫
だろ、

荷物を三つぶら下げていたら
ひとつ持ってくれた
六才
〃お年寄に親切にするといいことがある〃
というおみくじをひいた　と

ちょっとやそっとじゃ
傷付かない
人を
傷付けることはあっても
巨(おお)きな岩のようだ、と

七才と
神経衰弱
本気出して
辛うじて
引分け

どうでもいい
カメラ貸して
と云うと
「どうでもいいカメラはない」
と　貸してくれた

五行歌会行脚が夢
だなんて
軽すぎ！
身の程知らず
でも行く！？

となりのとなりのとなり町
自転車走らせおつかいに
〃こんにちは〃
中学生の男の子
そよ風、ほゝにさわやか

緑そよぐ公園に
母子(おやこ)三人かくれんぼ
まるみえ
なのに
〝もういいよー〟

『しかくいボール』
配ったら
即、三冊も
買って下さった
川村さん

〝馬鹿だなァ〟
〝馬鹿だね〟
言われて
嬉しい ひと
ふたり

明け方の
雷雨が
空気を一新
五月晴の
即詠会

テレビの取材が入って
キンチョウ？
コピーなど
やらねばならぬ
それどころじゃない

カラッとしてる
コピーに走るが
もんぺを穿けば
大丈夫
着物で出かける

即詠会の
翌日の
日暈（ひがさ）は
天からの
花丸

〝三友さん
太陽見て！〟
ベランダから向かいの奥さん
円(まる)い虹だ！
生まれて初めて見た

東北合同五行歌会
二日前セキ、前日病院へ
薬持参で仙台へ
まさかの小歌会一席
途端に風邪が吹っ飛んだ

〃信仰〃
ということばに
抵抗があった
〃信(まこと)を仰ぐ〃
なら素直になれる

お弁当の交渉に
喫茶店へ
口八丁手八丁の友と
バッタリ！
身内のように円く纏めてくれた

音信不通の
すぐ下の妹から
「誕生日おめでとう」の電話
のだ十周年歌会、直前に
心は仲良し

予備知識なく
二列目で
歌舞伎鑑賞
四時間
心まるごと　大そうじ

ブレない軸を持つ
宇宙人達に
支えられ
背中を押され
わたしは歩いています

8 白塗りの顔

「カワセミに会えなかったね」
カメラを開いてみると
シラサギ団子をねらったのに
まん中に
カワセミ、ちょこんと

和服の女（ひと）
フラッと立ち寄り
100分de名著『内村鑑三』を探し
数独と
uni 0.9 Bの芯 二つ買う

しゃなりしゃなり歩いていると
「おばあちゃん、こんにちは！」
ママとバーバに手をひかれた男の子
「こんにちは」　顔で笑って
心はトホホ・・・

テレビで見かける
N君
と正樹と
同い年と知る
便（よすが）としよう

庭に出ると
むこうの雑木林で
カケス達がジェージェーにぎやか
カケスの声は
わたしの応援歌

「齢人（よわいもの）　いじめ
暴力反対！」
最期の母の訴え。
明るい病院へ転院
ボケることなく逝きました

ひとりの方が気楽
と思いつつ
夫に付き合った
散歩の御蔭で
いい歌出来た

義弟の
五十回忌命日は
スーパームーンとか
来秋十三回忌の
正樹と瓜二つ

しゃなりしゃなり歩いていると
「こんにちは！」中学生の男の子
「どこへ？」「何しに？」
「何を踊る？」「むずかしくないですか？」
コロコロはずんで

いきなり
「ファックス届いた？」
ぶっきらぼうに
五十年前と変わらない
あなたの持ち味

「小さい頃は
泣き虫だった
ことしか　覚えてないよ」
と姉は
素っ気なく

熊谷から
羊山公園芝桜の丘まで
おまえだ（小前田）、はぐれ（波久礼）
みなの（皆野）、おやはな（親鼻）
などの駅を通って

「ヨオッ！」とダンディな方
エッ?!‥あらッ先生？
「こっちにも囲炉裏つくったんだ」
まァ　すてき！　それから
ひと月もたたない。訃報を聞く

「ホトトギス
聞いたよ」
夫は畑で
私は家で
五月二十三日

「あなたの電話番号
消えないのよ。
今日　わたしの誕生日なの」
施設入居のYさんから
半年ぶり

（五月二十五日）

生活に追われながら
非日常を
僅かずつでも
続ける日々
発表会の効用

「これ、きりんだよ、
お祭りでかってもらったんだ」
おしゃべり　のりのり
バイバイに　ハイタッチまで
落ち込んでいた私を救った六才

通りすがりなのに
中学生も
六才の男の子も
会話絡んで
くりくりキラキラの目

夫、救急車で
ＨＣＵに入院
入院用品全て届け
手続き済ませ
ギリギリお稽古に間に合う

一日たりとて
お稽古
休める
身では
ない

発表会リハーサル出番直前
「この緊張感がいいのです」
「気持いいのはカラオケの比じゃない」
プロのカメラマンとのやりとり
おかげでリラックス

鏡と対面
エッ！だれ？
顔師さんに
白塗りされた顔
私じゃない

本番直前
手ぬぐい持つ手に
大先生の手、しっかり重ねられ
「初舞台だね」と
背中を押すように

初舞台だし
御礼参りしないとね
「あんなんで
来るなって言われるよ」
そうね

〝さのさ節〟
クラス会で
踊れるように
なりたい
という野望

後先見ず
突っ走ってしまう
いいのか悪いのか
とばっちり
ばらまきながら

「駅まで送るよ」
と夫
身も心も
軽く
五行歌体験講座へ

台風で
身動きとれない日
苦手な
針を持つ
クッションカバーなど出来た

あなたと
一緒になったおかげで
まさかの展開
五行歌も
日舞も

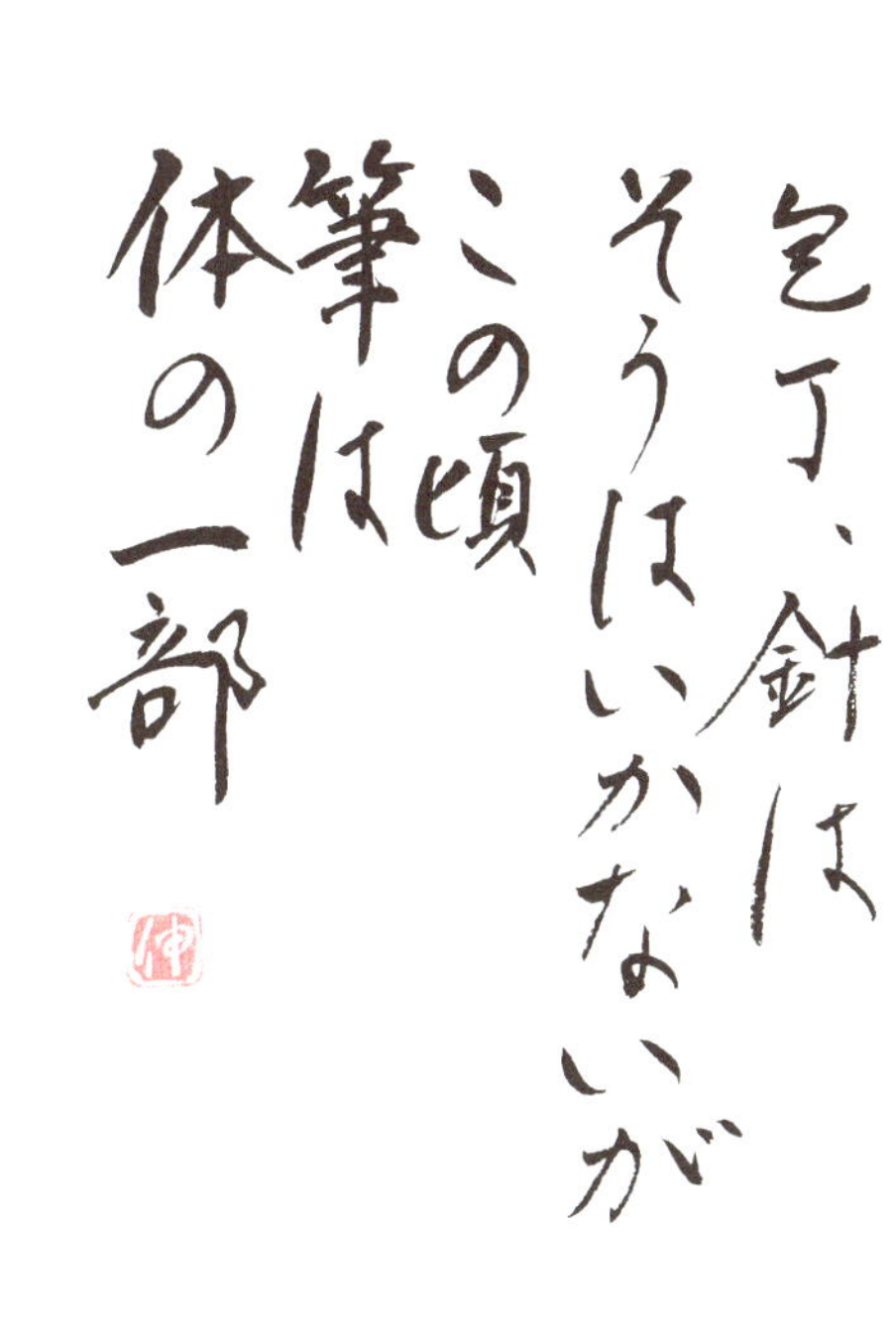
包丁、針は
そうはいかないが
この頃
筆は
体の一部

言うだけは
言った
もう何も言うまい
くどくどは
空気が淀むだけ

小学生三人に
「みともさん
リレーやらない？」
と誘われ
面喰らう

強制されて一泊旅行
はっきり　すっきり　富士山
部屋の前には海
コートもいらない行楽日和
満足度200％超え

母、三回忌（91才）
父、十三回忌（93才）
並んだ二人の遺影
披露宴のよう
子、孫、ひ孫等47名集めて

22才のころ、8才の妹に
犬の縫い包みを作ってあげた
家のぬいぐるみの中心に居ると
亡父母の法事に連れて来た
46年ぶり

白塗りの写真
一番見せたいのは
母
そして父とおばあちゃん
みんな黄泉の国

〝単なる下手〟
そう言われても…
堂々と
発表しちゃってる
わたし

宇宙人の歌

『宇宙人に背中おされて』跋

草壁焰太

三友伸子さんの歌集は『小鳥の道案内』以来、二冊目であるが、前歌集が出版されてから、五行歌集として一番いいのは『小鳥の道案内』だろうと言って来た。私は彼女の歌は平均して毎号雑誌では同人欄の半ばから後半に置くが、歌集とすると全体として一番よくなってくる。そう感ずるのである。

歌は人柄という私の考えのきっかけとなったのは、三友伸子さんの歌だった。それが歌集によって、まさに実証されたのである。

一つ一つの作品ではいわゆる才能のある人の工夫やひらめきや感性が光り、彼女のように出来事をそのまま書いたような歌は、地味に見える。しかし、多くの歌を並べてみると、絢爛とした、あるいは小気味いい才能の歌は、多くの場合作者の一つのパターン内にあり、同じパターンが続くとすこしだれてくるということがある。

ところが、人柄のよさというのは、読めば読むほど心にしみてきて魅力が増してくる。これが、歌集にしたときのちがいとなってくるから、どこかで逆転現象が起こってくるのである。

『宇宙人に背中おされて』は、まさにそういう歌集である。

末っ子が
小学校入学だ
「おかえりなさい」
をいいたくて
仕事をやめた

おにゃんまが
網戸をノックしてる
開けてやると
わたしの頭に
チョコン

野田でもう一人
もっと若い人の
五行歌集を読んだことあります
それ娘よ、娘なのよ
きつねにつままれたらしい

とりつかれたように
ハガキを折る
くり返すこと三十枚
ちょっとした芸術作品、
なべしき　出来た

歌集のなかのとくにいい歌をとったのでもない。私が雑誌の巻頭にとったのはこのうち「なべしき」の歌だけである。この歌は歌としていいと思う。ほかの三つはなくてもいいかもしれないが、じっと読んでいくとさきほどから言っている人柄のよさがじわじわわかってくる歌である。

娘の歌集の歌は、ふつうの五行歌人は歌にしないであろうと思う。状況を説明するのが難しいうえ、自分の歌集を見た人が思い出してくれたのが娘の歌集であったという驚きと嬉しさは、歌にはならないかな、と思ってしまう。彼女はただ驚き、嬉しくなって書いた。しかし、相手がきつねにつままれたような顔をしたことはちゃんと見ている。

こういう歌にならないかもしれない驚きと嬉しさ、思えばこれこそほんとうに生きている実感なのかもしれないのではないか。五行歌は多く書かれてきたが、これと同じパターンのものはない。娘がよくて嬉しいという歌はあるが、この日常的なちょっとしたことにかかってくることが珍しい。みなが書きとめられないほんとうに伝えるべきなのは、こういう実感なのかもしれないではないか。

歌集を読むときの読み味は、「イエス」という。


こう見ていくと、どの歌もそういう独特の実感を持っている。ふつうはやんまに窓は開けてやらないが、作者は開けた。この気持ちに応えるかのようにやんまも頭にとまる。これが嬉しいのが、また人柄のよさであろう。

それで、彼女の作品は作った順にただ並べているだけでいいことになる。

彼女の歌集の編集は、発表順に並べて置いてだいたい八等分し、書に書く作品はすこし散らしたほうがいいので、すこし微調整したくらいで終わった。

こういうことも羨ましい。彼女はまさに庶民のなかにいて、性格的に悟りを開いてしまった〝妙高人〟のようなものだ。

こうなると、何をどうしてもいいようなものである。

しかし、天はなかなかすべてよしというようには、してくれなかった。


この歌集には、初めての読者がちょっと唐突に思うような歌がある。しばらく読めばわかることだし、まえがきにも説明されているが、それは「マーくん」と呼ばれている彼女の末っ子のことである。彼女には三人の子があったが、末の息子、正樹君は大学在学中の二十一歳のとき突然癌でなくなった。

彼女の一家は、変わったところがあって、葬儀のときにもニコニコして何が起きたかわからないような風情であったが、それは前の歌集の出来るすこし前のことだった。

今、この第二歌集を編んで、つくづく思うことは、そのマーくんのことが、読み手にはなんの繋がりもないようなことなのに、突然、この人柄の歌集のなかに現れる。

母親は、やはり片時も亡くなった子のことを忘れないのである。五行歌の同人にも三、四人、若い息子を突然亡くした人がいるが、彼女らも生涯、亡くした子を歌に書く。しかし、数えてみるとこの歌集の中に、その息子さんの歌は十首程度だった。私がこんなに意識するのは、やはり衝撃性が強いからだろうか。

まえがきによると、彼女の家の近くにすむ変わった占いをする人が、息子に与えるべきものは「ゆめ」と占ったことが歌集を作る理由になったとのことだ。

子を亡くした母親の心を埋め合わせるようなものはありようもないが、そういう悲しみを昇華するはずのものが歌ではあろうけれど……。夢に現れる息子の現実感はまるで彼女の現実を引っ張るくらいのものである。

人柄がいいと何度も書いたが、一般にいういい人は、ふつうの感覚からいえばちょっとずれた人であろう。その人柄のいい分、ずれていてあたりまえである。したがって、その人が真面目に正しいと思っていることが、なんとなくおかしいということがある。彼女の歌はそのおかしさの連続であるから、日誌のように感じたことを書いて行ってもおかしさが続く。
私はこれを羨ましく思う。

ようやく会えた
その日から
いつも
慣れ慣れしい
ヤマガラ

ウヒャー　長ーい！
悪戦苦闘の末
さしみ・焼き
しゃぶしゃぶに熱燗
タチウオ三本に酔う

〃恥をかく勇気を持て〃
って言うじゃないの
こっそり
自分を
はげましている

どうでもいい
カメラ貸して
と云うと
「どうでもいいカメラはない」
と 貸してくれた

題材選びの的確さ、無駄のなさ、適切な冗長さ、うなづけるものの見方、歌を分析していくと、彼女は最もよいものを選んでいる。最初にあまり上手でないように言ったのが、実は大きな間違いであったことがわかってくる。

彼女は自分のまわりの人は、半分人で、半分はそうでない、宇宙人のような人たちだと思っている。

ああ、「そうだよなあ、宇宙人が地球にきたら、地球人は彼らにとって宇宙人だよなあ」と私は思わずつぶやいた。初めて来た星のめずらしいアオサギやジョウビタキのように、人もまた珍しいのである。

彼女はこの歌集全体で、私達はみんな宇宙人なんですよと教えてくれているようだ。そして、「あっ、そうだった」と私たちは感ずる。これが全体の滑稽を生む。それでいて、その真面目さは、地球人の誇りともいえるものである。

いいものを　　　　　　「だれが見ても
いいいと見極める　　　きれいに見える
眼は　　　　　　　　　線がある」

いいものに
培われる

何が
一番大事？
と問われ
しばし考える
やっぱり　自分かなァ

そんな線
出せたらいい

守るものなど
何もない
と　思っていた
芯だけは
守り抜く

この星にきたみなさん、この宇宙と私たち宇宙人を、宇宙の鳥や虫を大事にしよう。

書作品一覧

（歌の下の数字は掲載頁）

あどけない
ジージと
バーバの
かお届く
敬老の日
91

かわいくて
りりしい
魚をつり上げた
カワセミ
孫から届く
96

朝から
アタフタ
底冷えする夕暮どき
もつ煮が
鍋ごと届く
99

さらさら
空気のような
愛、ありがとう
生きるのが
とっても楽でした、お母さん
103

雑木林の
天守閣あたり
まるでキリンのミニチュア
アオサギが
下界を眺望している
105

お父さん
大好き
でも
父の子育てなんて
まっぴら
106

「〃鈍い〃も
才能」
と知り
今日から
もっと楽になる
109

「世のため人のため」
一度も聞いたことはなかった
ふり返ると
祖母も父も
そういう道を歩いていた
111

日舞
処女作
〃花笠道中〃
はじめての拍手は
孫
113

「あッ
珍しい
奥さんが
畑に出てる」
とんだ　ごあいさつ
118

「大根煮ろと云うと
大根だけ煮るし
驚きの連続でした」
エッ?!
うっかり先に死ねないわね
121

小三の担任の
賀状のひとことに
励まされてきた
今年は「間もなく八十二」と
玉手箱を開けてしまった気分
139

亡父が
マッカーサーに会って
「組合をつくるように」
言われたのだ　と
人生一番の衝撃
150

夫、丹精の
明治神宮出身の
花しょうぶ
門に
つんと美しく
154

二年ものの　らっきょう
二時間かけてつくり
塩漬けに
時折揺すり水の上がるのを待つ
子育てより手間かけて
156

頼みやすいのよ、きっと
「俺、そんなに
性格良くないぜ」
性格は良くないけど
ソトヅラがいいのよ
163

機械工学科
電気、金属、精密、
化学、電子
同じ工学部でも
各々の色がある

165

何が
一番大事?
と問われ
しばし考える
やっぱり　自分かなァ

167

姑の実家から
分けてもらった
アジサイ
今年も玄関に
白を咲かす

171

義父の
お墓参りに
向かう
車窓に
こいのぼり

173

たけのこ掘らせてもらって
おさしみにしたり
たけのこごはん
たけのこの煮付
おみそ汁にも

175

ふくよかで
色白美人
夫の自信作!
にんにくに
ほれぼれ

177

紫蘇を洗っていると
天から一声
"ギャッ"
アオサギが
通りすぎる

182

ゆったり
趣のある
松山
のんびり
訪ねたい

191

生ゴミを埋める
忘れた頃
スコップを入れると
さくさくふわふわ
すっかり土

195

きゃしゃな
母が元気で
91才を迎える
あー
なんて子孝行

197

居ても
立っても
いられない程の
出会い
大好きです♡

203

私を見かけると
一目散に
とんでくる
さやかちゃん
孫でもないのに

207

エステのせいか
気のせいか
今日は
いい顔
しています

209

敬老の日
完熟いちじくもぎ取り病院へ
大きすぎ!　1/3はわたし
2/3をおいしそうに平らげた
四日後未明　母永眠91才

211

中国半紙千枚
小筆30本
明日届く
それだけで
わくわく

217

娘の披露宴
当時九十一才の亡父は
「純子は
うたの心を持って生まれた」
と　はなむけの言葉

219

三友伸子（みとものぶこ）

1947年10月29日 栃木県宇都宮市に生まれる。
1966年 栃木県立宇都宮女子高等学校卒業、
1970年 茨城大学工学部を卒業し、日立製作所ソフトウェア工場入社。
1995年 五行歌の会に入会し、1997年に「のだ五行歌会」発足。現在同歌会代表。
著書に五行歌集『小鳥の道案内』がある。
現住所 千葉県野田市堤台438-93

のだ歌会・近隣歌会のみなさんと（前列右から二番目が著者 2016.6.30）

五行歌集（ごぎょうかしゅう）
宇宙人に背中おされて
著　者　三友伸子
発行人　三好清明
発行所　株式会社　市井社
〒162-0843　東京都新宿区市谷田町三―一九　川辺ビル一階
TEL　03（3267）7601
印刷・製本　創栄図書印刷株式会社
第一刷　二〇一七年四月二十七日
ISBN978-4-88208-147-0　C0092

五行歌とは

五行歌とは、五行で書く歌のことです。万葉集以前の日本人は、自由に歌を書いていました。その古代歌謡にならって、現代の言葉で同じように自由に書いたのが、五行歌です。五行にする理由は、古代でも約半数が五句構成だったためです。

この新形式は、約六十年前に、五行歌の会の主宰、草壁焰太が発想したもので、一九九四年に約三十人で会がスタートしました。五行歌は現代人の各個人の独立した感性、思いを表すのにぴったりの形式であり、誰にも書け、誰にも独自の表現を完成できるものです。

このため、年々会員数は増え、全国に百数十の支部があり、愛好者は五十万人にのぼります。

五行歌の会規約

一、五行歌の会は（主宰・草壁焰太）、毎月一回雑誌を刊行する。

一、会は、同人と会員によって成る。

一、五行歌を書く意志のある人は、誰でも入会でき、またいつでも休、脱会できる。

一、同人は毎月三千円を、会員は毎月二千三百円を半年分前納する。新規入会者は入会金三千円を納める。五行歌の会は、同人・会員の作品を雑誌に掲載し、毎月雑誌を同人・会員へ一冊送る。その費用は同人費、会費にすべて含まれる。

一、同人は原則として入会後六か月後、五行歌への熱意、貢献、作品などに鑑みて、主宰者または同人の推挙によってなることができる。

一、外国人留学生は会費を免除する。また中学生以下の学童も、両親のいずれかが同人・会員である場合、会費を免除する。それ以外の学童及び高校生は会費を半額とする。

一、同人は六首以内（掲載は原則として五首以内）、会員は四首以内（掲載は原則として三首以内）を、締切日必着で、五行歌の会宛てに送る。

一、作品はB4原稿用紙に書くこと。電子メールも可。

一、同人・会員以外でも、雑誌を定期購読することができる。六ヵ月分（六千円）前納する。購読者は毎月一首「読者作品」欄に投稿できる。

五行歌の会 http://5gyohka.com/
〒162-0843 東京都新宿区市谷田町三―一九
川辺ビル一階
電話 〇三（三二六七）七六〇七
ファクス 〇三（三二六七）七六九七